KB269200

새는 언제 날개를 접는가

시와소금 시인선 185

새는 언제 날개를 접는가

ⓒ허승희, 2025. printed in Seoul, Korea

초판 1쇄 인쇄 2025년 11월 20일
초판 1쇄 발행 2025년 11월 25일

지은이 허승희
펴낸이 임세한
펴낸곳 시와소금
디자인 유재미 정지은

출판등록 2014년 1월 28일 제424호
발행처 강원 춘천시 충혼길20번길 4, 1층 (우 24436)
편집 · 인쇄 주식회사 정문프린팅
전화 (033)251-1195 / 휴대폰 010-5211-1195
전자주소 sisogum@hanmail.net
ISBN 979-11-6325-101-9 03810

값 12,000원

· 이 시집은 2025년 부산광역시 부산문화재단 〈부산문화예술지원사업〉으로
   지원을 받았습니다.

시와소금 시인선 · 185

새는 언제 날개를 접는가

허승희 시집

시와소금

시의 모퉁이를 돌며
말하고 싶다
달의 뒤편에 숨겨져 있는 바람과
물과 생명의 소리에 대해

보이지 않던 세이지꽃이
화단 한구석에서 고개를 든다
말하지 않아도
없는 것은 아닌가 보다

제3부 장미의 재발견

작품 해설 | 박해림

제 **1** 부

떠도는 것들

유통기한

죽음 하나가 문자로 배달되었다
함께 배달된 계좌번호
아는 사람도 모르는 사람도 아니지만
나는 계좌이체로 그와의 관계를 정리한다

사람과 사람과의 마지막 관계값
나를 위한 눈물값

계좌이체된 발자국이 찍히면
할 일 다 한 숫자들과 물기 마른 문자들은 삭제된다
슬픔의 유통기한이 지났다

엉겁결에 눌러본 폰번호
웃는 얼굴이 함께 떴는데 대답이 없다
연락처에서 삭제한다

손가락 사이로 빠져나가는 숫자들
끝까지 숫자로만 존재하는 사람과 사람 사이

날개

접힌 날개를 깔고
한 사내가 누워 잠꼬대를 한다

지하철 바닥에 깔린 헌 박스 조각들이 몸을 뒤척이고
그저 가벼운 날갯짓에도 온몸이 휘청이던 하루가
쫓는 듯 쫓기는 듯
밤새 날개를 파닥인다

섬과 섬을 이어 붙이고 산과 산을 이어 붙이지만
알몸으로 선 섬 어귀엔 얼음 파편들만 흩어져 있고

장대비 속에 선 새 한 마리
물속에 비친 제 얼굴만 바라본다

제 그림자를 놓쳐 사라질 수 없는 새
헌 신문지에 부리를 묻고 웅크려 눕는다

세상의 가장 낮은 곳에서
더는 낮을 수 없는 낮은 곳에서 그를 만난다

꽉 움켜쥔 두 팔 양쪽 겨드랑이에 묻고
깊게 구부린 어깨 속 얼굴
한 번 접힌 날개는 쉽게 펴지지 않는다

가자 지구에서 날아온 총탄

밀가루 포대를 안고 총 맞아 쓰러진 여자
마른 젖 움켜잡은 갓난아이 손가락 사이로
하얀 가루가 흘러 내린다

피와 맞바꾼 밀가루를 받으려
굶주린 아비요나꽃들이 입을 벌린다

나는 지금 에어컨 옆에서 아몬드를 먹으며
유튜브로 그들을 본다
이렇게 편안해도 되나
이렇게 배불러도 되나

미소 짓고 선 두 정상
가자지구에 보내고 싶다
밀가루를 지고 총탄 사이를 달리게 하고 싶다

밀가루 포대를 벼랑 끝에 세우고
우리는 사이좋게 악어나 하이에나를 닮아가고 있다

하이에나가 꽃사슴의 피를 마시고
독수리들이 다음 차례를 기다린다

리모컨으로 TV를 끈다

화면 밖의 전쟁은 전원 코드가 없다

뒷걸음질 치기

지렁이가 제 몸을 핥는다 미끄러져 나아간다 뒷걸음질치
는 것 같지만 사실은 앞으로 나아가는 몸짓 그가 죽음을 이
기고 살아내는 오래된 방식인걸까

내 구두 밑창 역시 그 길 위에서 닳아 간다 내가 걷는 동
안 길도 나를 닮아가고 돌아갈 길이 끊겼다는 걸 알면서도
나는 조금씩 뒷걸음질치는 보법을 익힌다

하늘에다 동그라미 하나 그려놓고 볕별 이불 덮고 눕는다
그렇게 세상을 받아들인다

길 위에 남겨진 주검을 보며 잔가지를 쪼개어 숲에 넣어
준다 생의 조각들을 돌려주는 일 고통을 무심하게 견디기만
바라던 내 오만을 숲에 묻는다

단 한 번도 집 떠나본 적이 없는 할머니 생전에 일본이라
는 나라에 가보고 싶다고 했다 끝내 들어주지 못한 그 소박
한 소망이 떠오른다

나는 늘 뒷북을 친다 미처 건네지 못한 말들 이루지 못한
약속들이 지렁이처럼 기어가다 결국 지나쳐버린 곳으로 뒷
걸음질친다

플라스틱 애인

쓸쓸한 플라스틱 사랑을 버리고 싶다는 생각에
하늘이 비좁았다

뇌의 회로를 끊고 들어와 물고기 지느러미처럼 퍼덕이고
물벼룩 속에서 완두콩 껍질 속에서
염전의 소금알 속에서도 버티며 선 그는

나를 재활용한다
내가 나일 틈도 없이

플라스틱병에 든 생수를 마신다
그가 나를 마신다
혀끝으로 내 뼈를 핥으며 세포 사이를 드나든다

혀에 가시가 돋고
내장 깊숙이 썩은 냄새가 배어들어도
그는 결코 죽지 않는다
점점 작아질 뿐

나는 삽 대신 바다를 택한다
태평양의 푸른 폐 속으로 그를 던져 버린다

물고기 애인들이 그의 몸을 핥는다
점점 작아지며 점점 불어가는
그의 긴 지느러미

저녁 식탁에 그의 하얀 지느러미로 심장이 찢긴
물고기 애인들이 구워져 올랐다

계단을 오르며

화산 북악을 오르다
생수통이 달린 물지게를 메고 오는 노인을 만난다

같은 계단을 오르는데도
다른 계단을 오르고 있는 사람
계단은 엿가락이 되어 자꾸 뒤를 돌아본다

앞산은 점점 가팔라지고
숨 가쁜 생수통 무게 위로 내 그림자 하나 더 올린다

안개 속에서 두려운 것은 내가 아니었다
들꽃은 어디에 피어 있는지 나는 알지 못했다

새들은 허공을 치며 하늘을 날고
자유의 바닥
평화의 바닥
행복의 바닥에는 새가 없다

온갖 관념어들이 떠도는 길 위에서

악다구니 개미들이 갉아 먹은
노인의 낡은 슬리퍼 밑창은 닳아져 가고

옷깃을 여며도
계단은 점점 멀어져 간다

접근 금지

허공 속에는 수만 갈래 길의 흔적이 있다
새들의 길이다

달리는 보닛 위로 참새 한 마리 툭 떨어졌다
잠시 후 한 마리, 또 한 마리
뜨거운 하늘이 낙엽을 뿌리듯 새를 던진다
툭
툭

폭염이다 아니다 화염이다
새들도 더위를 먹는 세상
타죽어 떨어지는 화장터가 되어 버렸다

테라스 그늘애 물을 놓자
부리를 적시고 날개를 부비대는 참새들

새들은 테라스 울타리에 답례인 듯
하얀 똥을 갈기고 사라졌다

골프공보다 빠르게 새들이 날아가고
폭주하는 기관차는 하늘을 끓인다

누군가 '인간 접근 금지' 표지판을
하늘 문턱에 꽂아 두었다

잔혹한 동화 한 편

빙하가 울부짖는다
피눈물이 산간 마을을 덮쳤다

잔혹한 동화 한 편

겁먹은 송아지가 지붕 위에 올라 헬기를 기다린다
눈자위가 충혈된 산토끼들이
회반죽 된 돌덩이와 얼음덩이 속을 흘러내린다

초원 속에 엎드려 있던 스위스 브라텐 마을
주민들이 모두 무사해서 다행이라는 앵커의 말

주민이 아닌 송아지와 산토끼는
자막에 오르지 못했다

순록떼가 빙하 속 탄저균으로 떼죽임을 당한 날
전문가들은 스튜디오에서 에어컨 바람을 맞으며
북극 영구 동토층이 녹을까 차가운 토론을 벌였다

때다 만 석탄 덩어리 같던 월남전 탄저균 환자들 얼굴이
순록의 얼굴을 타고 다녔다

먼 빙하가 녹아 내 집 거실까지 배달되자
빙하의 사체가 악취를 풍겼다

묻을 수도 태워버릴 수도 없는 것들은
감쪽같이 덮어 버렸다

고독사

문 앞에 서면
열쇠 수리공이 먼저 안다
몇 달째 멈춘 심장 박동 같은 적막을

문이 열린다
빈집을 독차지한 거미가 천장에 거꾸로 매달린 집을 짓고
어제처럼 빨래가 널려 있다

입 다문 방문 하나 열어 본다
목까지 고독을 덮어쓰고 누운 나무 장작 하나

매운 세상이 지나갔다

TV 속 화면은 모서리 해진 꽃무늬 이불을 비추고
앵커는 무표정한 표정으로 고독의 사회사를 읊는다

오늘은 어제처럼 내일은 오늘처럼 살지 말라지만
더는 물러설 수 없는 삶의 가장자리

봄소식은 너무 일찍 오거나 너무 늦게 온다

화끈거리는 봄

골목길 노점에 봄 잔치가 벌어졌다
방풍나물 쪽파 상추 봄동 쑥이 푸른 소쿠리에 담겨
어서 와서 봄을 맛보라고 손짓한다

이천 원, 삼천 원 삐뚜름한 손 글씨들
기장 시골집 마당에서 키운 것이라고
입주름 짓는 할머니에게 기어코 한마디 했다
"농산물 시장에서 받아온 것 아니고요?"
싱싱하던 입술이 시들어 버렸다
시든 입술 대신 방풍나물이 입 꾹 다물고 나를 따라 왔다

삼천 원이 준 허기는 하루 종일 가시가 되어 나를 찔렀다
망언을 늘어놓는 지역구 국회의원의 현수막
보고도 못 본 척 길바닥만 내려다보다
먼지 속에 쪼그리고 앉은 삼천 원짜리 봄나물에서
정의를 찾았다

찢어진 종잇조각처럼 날리는 내 혈기
하루 종일 볼 안쪽에서 붉은 불씨로 달아올랐다

벽만 바라본다

싱가포르 야간 사파리 투어
LED등이 해를 묶어 놓은 숲의 밤
밤을 잃어버린 암사자 얼굴과 꺾인 사슴뿔이
빛으로 묶여 있었다

불덩이처럼 달리는 야간 전동차 안에서
휘파람과 환호와 박수 소리를 들었다

목구멍에 장미 가시가 든 듯 따끔거렸다

훤히 드러난 어둠 속으로 내몰리던 사슴 떼
가로막힌 광화문 사거리에서 다시 보았다

LED등으로 밤을 잃어버린 거리
텅 빈 사슴 눈동자
초원을 잃은 암사자 얼굴이 보였다

거대한 레미콘 속에서
오른쪽은 오른쪽끼리 왼쪽은 왼쪽끼리

깃발들이 부딪치며 몸을 찢었다

안조 태양을 산산이 깨부수고 싶어
작은 돌 하나 주워들고
벽만 바라보았다

파랑새는 오지 않을 것이다

발자국조차 지구에서 사라진
크리스마스섬집박쥐, 세실부전나비, 타이완구름표범들은
모두 어디로 숨은 걸까

거리엔 복제에 성공한 잘 생긴 얼굴들이
카페 앞에서 줄을 선다

꽃은 피었는데 벌들은 길을 잃었고
봄은 왔는데 나비는 오지 않았다
곤충들의 재난 생존 보고서가 도서관에 진열되어 있다

녹아내리는 하늘 아래
더는 뜨거울 수 없는 지구 위에서

나는 한 번도 읽지 않은 책 속에
두 눈만 감추고 있다

지구에서 절멸되었다는 사백여 종의 동식물 이름들
시 쓰기를 위해 클립보드에 복사해 넣는 내 손가락에
나는 절망한다

시간의 고집

　냉장고 채소 칸을 열자 며칠 새 쭈그러든 가지가 눈에 박힌다 칼을 대니 한때 매끄럽게 빛나던 보랏빛 껍질은 고집스레 주름을 세우고 칼 끝을 밀어낸다

　물기 없는 살점들은 굳은 껍질 속에서 고집을 부린다 칼날을 거부하고 존엄사를 원한다 주름 속에서 울타리를 세우고 투쟁 중이다 물을 품을 줄은 알지만 흘려내릴 수는 없는 가지의 운명 결별을 고하는 새벽이 다가 온다

　무게를 잃어버린 내 살점에도 흘려 보내지 못한 고집들이 지층이 되어 켜켜이 쌓여 있다 사전연명의료의향서 등록증을 머리맡에 두고 희미해져 가는 껍질과 속살의 경계를 마주한다

　무뎌진 칼날은 보랏빛 고집을 꺾지 못하고 달착지근한 향기는 이미 숨어버려 손에 닿지 않는다

　여전히 칼을 쥔 채 가지를 바라본다 주름은 소리 없이 더욱 진하게 번져 간다 칼날조차 닿지 못하는 시간의 고집 앞에서 나는 손을 멈춘다

발가락 양말

발가락 양말을 신는다
다섯 개 방 속에서 홀로 선 발가락들

숨겨진 속내들은 남아 있겠지만
딴살림 차린 봄날이 평화롭다

덕수궁 앞에서 마이크 잡고 큰북 치는 사람들
태극기를 온몸에 감고 누군가를 목쉬어 연호한다
가자미눈은 한 쪽으로만 기울고
어깨까지 기울어졌다
발가락 양말을 사 주고 싶다

발가락들이 다시 슬슬 닿는다
자유를 달라고 외친다

사과를 손에 쥐고 사과를 달라고 떼쓰는 사람들
덕수궁 광명문은 훤히 열려 있는데
문을 열라고 소리 지른다

고종의 관이 나갔다는 함녕전 앞에서
발가락 양말이 몇 개가 필요한지 고민하는 오후

손목시계가 거꾸로 돌고 있다

적당히 라는 말

유튜브 속 화면에서 토스트를 만든다

버터를 적당히 흘리고
치즈를 적당히 올리고
모서리가 타지 않게 적당히 구우라고

적당히 따뜻하게
어디서든 녹아내릴 수 있다는 신념은
가스 불 위에서 타오르고

한 조각의 빵이 접시 위에서 무릎을 꿇는다

세상을 바라보는 물기는 없애고
한순간도 자신을 태워서는 안된다는 결기로
입술을 걸어 잠근다

머리 조아리고 선 토스트의 속내는
볼 수 없는 달의 뒤편

모든 걸 적당히 하라는 말
적당히 듣고 적당히 버틴다

떠도는 것들

먼 나라 어두운 골짜기에서 불어온 바람이
채찍에 감겨 땀을 흘린다
땅속에서 부화하는 것은 진시황의 욕망이 아니라
썩지 않는 눈꺼풀들
흙먼지는 바람이 없어도 떠돌고
떠도는 건 흙먼지만이 아니다
병마들은 제 그림자와 경주하고
주인 없는 말발굽이 갱도를 완주한다
말 등에 오르려다 발을 헛디딘 사람들의 목소리
들판에 번식하던 구름의 얼룩무늬
인부들의 하루를 깨우던 채찍 소리
모두 바람의 등을 밀며 떠돈다
떠돌다 남은 것들은 어디로 가는가
그림자 앞에 모여 선 인파들은 핸드폰 키를 누르며
경계를 넘어선 자신을 전송한다
흙이 흙을 덮어 만든 길을 벌써 걷고 온 듯이

싱크홀에 빠지다

뒤집힌 오토바이 바퀴가 땅속에서 헛돈다
지구는 바람 빠진 풍선이 되고
반월상연골판이 찢긴 무릎은 중심을 잃고 삐걱거린다
땅속에 두레박을 내린다
지하철 바퀴가 천둥 소리를 내며 땅속을 가로지른다
땅속 배수관이 터지고 흙더미가 요동을 치고
무릎 관절에 고인 물은 차오르기만 한다
흔들리는 지구 위에서
겁에 질린 땅은 입을 벌린 채 다물지 못하고
철새들은 돌아갈 길을 잃었다
좌광천 왕벚나무는 아침마다 일어나
제 나무 그늘을 일으켜 세우는데
내 무릎은 꺼져가는 전구처럼 깜빡일 뿐
숨죽이던 땅은 허기를 참지 못하고
스펀지처럼 물을 빨아들인다
땅 속 두레박은 절망을 삼키고
하늘로 오르는 고층 아파트들은
흔들려 무너져 내리는 발끝을 부여잡는다

가면 만들기

후쿠시마

후쿠시마, 눈망울 선한 소 울음소리 붉은 꽃술 내밀던 사
과나무들 한 줌 먼지로 우물가를 맴돈다 시계가 멈춘 잿빛
오후 고향을 떠나지 못한 뻘 묻은 운동화 한 짝 겁먹은 하
늘을 올려다본다

말을 빼앗긴 자들 곁에서 바다는 다시 바다를 닮지 못하
고 잘린 다리로 기우뚱거리는 문어 굽은 등뼈로 헤엄치는
고등어 상처투성이 미역이 파도 대신 상복을 흔든다 바다는
무엇을 더 토해내야 하는가

빼앗김 끝의 숨소리가 푸르러질 수 있을까 숲에서 튀어나
온 노루가 제 그림자를 집이라 부르고 고래가 바다 위로 몸
을 세워 수평선과 악수할 수 있을까

날고 뛰는 것들의 울부짖음 속에서 양치기는 양 떼를 몰
아 집으로 돌아가고 바다는 아직도 구토 중이다

이럴 줄 알았다

거미줄에 파리가 걸려들었다

먹잇감을 놀려 가며 입맛 다시는 거미

나는 파리인가 거미인가

거미줄이 층층으로 놓여 있다

끈적이는 점액질 속에서

밤새도록 엮고도 남을 실꾸리를 장전하고

맨 밑층에서 기어오르려 안간힘 쓰는 몸뚱이

산불로 구워진 고라니가 숲에서 뛰쳐나온다

파닥거리는 파리를 보며 웃음 짓는 몸뚱이

웃는 건 누구인가 거미인가 아니면 구경꾼인가

숯불구이 집에서 열대야를 걱정한다

거미줄 속에서 파리와 거미가 뒤엉키고

거미줄과 전깃줄이 뒤섞이며

지구는 환하게 불이 꺼졌다

정구지 *

가까이 다가가니 정구지가 웃고 있다

마른 윤기가 난다
꼿꼿한 몸 하늘로 솟구치고 있다

정월부터 구월까지
발목째 뽑혀 버릴 거라는 걸 알면서도
바람 따라 길 바꾸지 않고

향은 희미해지고
색은 바래고
물기 빠진 근육만 남았지만

온몸으로 살아낸 오기를 뽐내며
어깨뼈를 세워 드러내는 그 앞에서

봄바람이 시려 스웨터를 걸친다

나는 어떻게 살았나

잠시 목덜미를 더듬는다

누군가 뿌리째 나를 뽑아낼 것 같아
스웨터를 머리 위로 뒤집어쓴다

*부추의 방언

세계는 하나다

플라스틱 컵에 빨대를 꽂으며 하루가 시작된다

화장대에 앉아 얼굴 각질을 제거하고
헤어 스프레이를 뿌리고

순백의 물티슈로 저녁 식탁을 닦으면
하루의 일과가 정리된다

티백 녹차를 마시며 생각한다

플라스틱 당구공으로 코끼리 상아를 지키려던
리처드 톰슨씨는 알았을까

플라스틱 섬들이 태평양 바다에 세워지고
가난한 섬들에 플라스틱 식민지 깃발이 휘날릴 거라는걸

탐사선 쓰레기들로 발 디딜 틈 없는 달 속에
집 짓고 살던 토끼들이
심장에 플라스틱 발톱이 박혀 서 있다

'세계는 하나다'
쓰레기통에도 적힌 문구가
지구의 마지막 구호로 남을 것이다

썩은 숨을 나누며 함께 저물어 가는
지구도 하나다

무덤 앞에 사과나무를 심으라고
유언을 남긴다
유언을 남기지 않는다

그날 이후

꽃씨는 흙을 잊었다
꽃향기는 유통기한을 달고 마트 진열대에 섰다

거리엔 더위에 혀를 빼앗긴 개들이 주인을 버리고

하늘에서 별이 떨어지지 않아
더 이상 아이들이 태어나지 못하는 도시에는
노란 달빛만 핥아먹는 들냥이들이 운다

지구 저편에선 아이들의 팔다리가 지뢰 꽃이 되어
검은 흙 속에 산산이 묻히고

무표정한 앵커는 스페이스 X로 화성에 가는
우주여행 패키지가 예약 만료되었다고 전한다

뭔가 이유가 있을 것이다

나는 로봇이 수확한 토마토를 물고
흐린 눈으로 컴퓨터를 켠다

24시간 영업 중인 챗지피티가
피곤을 모르는 눈을 반짝이며 말한다
"무엇이든 부탁하세요."

무기력에 대한 변명

해가 갈수록 화가 느는 건
내 전두엽 세포들이 말라가는 탓일까
무기력한 시간을 끌고 다닌 내 발목 때문일까

얘기 꽃사과 줄기를 오르는 개미 떼
아무 데서나 밥그릇 채우는 모습이라니

길가에 비틀거리며 말라가는 지렁이들
그늘에 넣어줘도 속수무책인 발걸음이라니

화는 젓갈처럼 푹 삭이는 것이라지만
오늘도 나는 속수무책 화가 난다

푸른 목숨 하나 내성천에서 질식해 버렸는데
회의장은 몸 없는 목청들만 서로 부딪힌다

닭잡아 먹고 내민 오리발이 다시 닭발이 될 때까지
혀만 차고 있는 머리 위로
중심을 잃은 액자 하나가 바닥으로 투신한다

바닥에 퍼진 유리 파편들
시퍼런 얼굴 대신 CCTV가 웃는다
속 빠진 빗자루는 여전히 나를 치워내지 못한다

가면 만들기

새들이 사라진 하늘은 환청으로 가득하다
귓속으로는 이명이 칼날처럼 갈라져 들어오고

거리를 걷는 사람들 목 위로
낯선 얼굴이 하나 둘 매달린다

어느새 내가 아닌 내가 겹겹이 쌓인다

광장은 거대한 투망을 휘두른다

가면은 거꾸로 흐르는 시계를 차고
녹슨 이데올로기가 엉킨 씨줄과 날줄로
저인망 그물을 짠다
그물에 걸린 건 고기가 아닌 플라스틱 인형

시간은 멎어 버린 물시계처럼 더 이상 흐르지 않는다
어둠은 어둠의 손을 잡고
다시 또 다른 어둠을 끝없이 복제한다

바람이 몰아친다
가면들이 찢겨나간다
길바닥에 얼굴들이 뒤엉켜 나뒹군다

나는 무표정의 가면을 쓰고
목 위로 다른 얼굴 하나 매달았다

마침내 누군가
단 하나의 얼굴을 붙여주기를

사파*거리에서

낡은 헝겊 바구니 속에 사파의 아침이 던져져 있다

가느다란 어깨에 매달린 퀼트 천들이
엄마를 안고 먼 산을 넘어가고

아이는 혼자 남아
동전 하나로 땅바닥에 해를 그린다

머리 위로 조금씩 하늘이 내려앉고
아이는 해 지고 돌아올 엄마 생각에
해를 끌어당겨 노을을 그린다

사파 거리 외진 골목길
엄마의 그림자가 벽에 기대앉았다
목덜미 불쑥 솟은 여윈 슬픔 곁에
내 그림자도 엉거주춤 따라 앉는다

비어 있는 바구니는 채워지지 않고
살아있으라 목을 조이고

봄볕 불두화는 지폐처럼 쌓여간다

문득 바라본 검은 노을 속에
꽉 다문 아이 입술이 떠내려 가고 있었다

*사파 : 베트남 북부 고산족이 사는 도시

붕어섬

횟감을 사러 새벽 시장에 간다

죽어서도 뜬 눈인 생선들 사이
등에 수백 톤 태양광 집광판을 얹고 잠든
의암호 붕어가 뒤척이고 있다

칼날이 비늘을 벗길 때
살 속으로 파고드는 반짝임에
뜨거운 붕어눈이 나를 흘겨본다

횟감 위에 놓인 파슬리 잎은
섬 위의 쇠창살을 뚫고 나온 금계국 이파리 같아
그나마 숨구멍 하나 만들어 준다

입술을 떨던 붕어는 미각의 경계에서 사라지고
숲은 태양광 패널과 뒤섞여
낯선 거울이 되었다

호수에 잠긴 붕어눈이 푸른 숲을 그리워하는 사이
돌고래가 숨 쉬러 산속으로 뛰어든다

너는 어디로

병실 창문에 매달려 있던 창백한 웃음
영락공원 하얀 국화꽃 앞에 앉았다

영정 속에서
너보다 조금 늦게 걸릴 내 얼굴을 본다

먹다 남긴 국그릇 속에서
네 기침의 잔해가
눈물 알갱이가 되어 씹힌다

만차를 알리는 경고등 앞에
네 그림자가 내 발목을 잡고

나는 빈집의 벽지에 기대어 네 부재의 온도를 견딘다

집으로 가는 건널목
빨간불이 꺼질 때마다 목을 꺾어 휘둘러 본다

손 흔들며 환히 웃는 너는
이곳으로 다시는 건너올 수 없다

별자리를 새기다

아직도 풀리지 않는 하늘이 남아있다는 것은
낯선 위안이다

함안 박물관에 누운 고인돌 상판에는
칼로 새긴 듯한 별빛의 흉터가 있다

칼끝보다 더 날카로웠을 손길로 가야 석공은
돌 속에 숨어 있던 별들을 끌어내고 있었을 것이다
밤마다 하늘에 구멍을 뚫어
자신의 호흡을 숨겨 두었을 것이다

고인돌 아래 묻힌 누군가는
별이 되는 대신 돌의 숨결이 되었을까
아니면 바윗돌이 별을 삼켜 버렸을까

샛별이 솟자
시골 마당의 나는 고개를 젖히고
가야 들판의 그는 돌에 귓바퀴를 대고 있었다
별빛은 두 사람의 귀를 이어주는 보이지 않는 선

나는 아직 나를 태운 재를 어디에 흩뿌릴지 모르지만
그는 돌 속 깊은 곳에 별을 어떻게 묻을지
망설였을 것이다

밤하늘이 아직도 낯설게 남아 있기를 바란다
별을 새긴 석공의 심장이 내 가슴 속에서
다시 물고기처럼 뛰어오를 수 있게

거울 속의 나

나에게 비친 너는
그 위로 뜨거운 입김을 불어 넣는 남자였다

너는 나를 닦는다
너의 얼굴 아니 나의 얼굴이 눈부시게 드러난다

그의 손길에 닦여 반들거리는 내 삶
하지만 나는 거울 속에서 나오고 싶다

거울은 들어갔다가 나오는 곳
밖으로 이어진 길이 어딘가에 분명 있을 것이다

복제된 그가 나를 닦아주려고 내 앞에 섰다
입김을 불지만 흐려지기만 하는 나

시간은 오래되었다
너의 입김은 이제 잡음처럼 흩어져
나는 더 이상 해독하지 못한다

삐걱거리며 흔들리는 못을 뽑았다
흔적은 뚜렷하다

부서져 내린 유리 조각에서
내가 아닌 내가 드러날까 그것이 두렵다

파쇄기는 수리 중

돌아 나오는 길을 잃었다

무허가 유튜버들 혀끝에서 뿜어나오는
손 때 절은 지폐 냄새는
바람결에 스치는 낙엽처럼 가짜 뉴스를 만들고
지도에도 없는 길들이 솟아난다

어두운 대낮에
불 밝히는 집들이 늘어난다

처음부터 그런 건 아니었다
온갖 녹취록이 온갖 채널에서 춤추는 동안
나는 스스로 투명 인간이 되기를 택했다

들판엔 안개 대신 드론의 그림자가 내려앉고
도시를 가르는 건 한 밤 구급차 소리와
택배 트럭의 브레이크 소리뿐

내 운동화 끈은 자꾸만 헐거워졌다

무녀는 작두 대신 리모컨을 들고 지쳐버린 신을 부르고
나는 희망의 끈이라도 잡고 싶어
도시의 안개를 모아 태운다

끝없이 이어지는 어둠을 조각낼
파쇄기는 아직 수리 중이다

어느 영화배우의 죽음*

유리컵 깨지는 소리
난자하게 흩어진 유리 파편들
자동차 앞 유리처럼 조용히 내려앉을 순 없었을까

무덤에 갇히고서야 날개를 접는 추문들

소문과 녹취록은 무수히 새끼를 치고
씻어내면 새 얼룩이 자막으로 뜬다

아홉 살 아이가 입기엔 너무나 헐렁한
검은 상복이 슬프다

영안실에선 곰팡이 핀 루머들이 헐값에 번식한다

아빠는 배우였다
영정 속 아빠 대사는 죽음
입천장을 찌르던 파편들이 마이크 잡음으로 남았다

영정을 움켜쥔 아이의 언 손가락

한 걸음씩 가슴 속에서 아빠를 태운다

하얀 재라도 긁어내어 주고 싶어
TV 속으로 내 손을 집어넣는다

*고인이 된 영화배우 이선균 씨의 장례식을 보며

벌새

너는 보문 호수 낡은 벤치에
한 그루 빈 배롱나무로 앉아 있었다

아직도 제 살로 돌아오지 못한
시간의 칼 끝이 남긴 상처를 내보이는 너에게

세상에 흘려 보내지 못할 건 없다는
속 빈 내 거짓밀은
고장난 초침이 되어 호수가를 맴돌았다

너의 거친 손등에 부풀어 오른 강물 줄기들을 보며
세상살이 한번은 크게 비워야 한다고
비워야 다시 채우는 거라고 소리치는 내 말은
어설픈 메아리가 되어 내 발등으로 떨어졌다

모든 것을 말하면서도
아무 것도 말하지 못한 우리는
부둥켜 안은 가슴 속에 먼 별 하나 씩 가슴에 담았다

세상에 보듬어야 할 꿈들은 왜 이리 많은지

허공을 딛고 섰지만
끝없는 날갯짓으로 자기를 지키려는
너는 한 마리 벌새였다

불면의 아침

밤새 자라난 뿔들은 긴 터널 속으로 들어가고
아침은 팬케익을 익히는 오븐 속으로 몸을 숨긴다

어둠과 빛이 몸을 바꿀 수 있다는 것은
축복일까 위선일까

손에 움켜쥔 것들이 무거워
온도가 서로 다른 우리의 꿈
꿈꾸는 꿈은 오지 않고 꿈은 오직 하루치일 뿐
어둠 속에서 어둠으로 뒤집히고 뒤섞인다

신새벽 서둘러 떠난 발자국 소리는
떨리는 벽시계 바늘 속으로 걸어 들어가고
나는 어두운 침대 모서리에 앉아
잘게 잘린 시간들을 마주 본다

불면의 아침을 접어 침대에 눕힌다
팬케익이 오븐 속에서 몸을 구부린다

카톡 속 배달되지 못한 문자
거두지 못한 후회가 벽시계에 걸리고

터널 속에 부러진 뿔들이 매달려 있다

내 안에 거미가 산다

얇아져 해진 신발 밑창 속으로
거미가 기어든다

저녁 바람은 하루치의 서류들을 흩날려 보내고
홑눈이 번쩍 튀어나온 얼굴이
거미줄에 매달린 충혈된 눈알들을 길바닥에 내던진다

지하철에 떠밀리며 선 아침을 버리고
신발을 버리고 가방을 버리고 지갑을 버리고
바닷속에서 숨 쉬고 싶다고
독 묻은 입술을 닦는다

낚싯대에 묻은 굳은 피 닦아내고
바다로 몸을 던진다

거품 하나 둘 터져 오르는 동그라미 속
물거미 한 마리 둥지를 틀고 숨을 쉰다

아스팔트 위
주인 없는 구두 한 켤레 홀로 섰다

제**3**부

장미의 재발견

침묵 경전

늦은 오후 테라스 풍경이 훤하다 화단에 심은 가지 모종
하나가 침묵 속에 맨발로 뿌리를 내리고 보라색 꽃을 피우
는가 했더니 어느새 검은 망울은 달처럼 부풀어 올랐다

생의 첫발을 디딘 세상은 좁았으나 홀로 소리 없이 쭉쭉
가지를 뻗으며 쉴 틈 없이 꽃이 피고 이내 열매를 매달았다

빛이 닿을 수 없는 깊이에서 입을 다물수록 말의 숲은 무
성하여 속으로 열병을 앓고 온몸으로 헤엄치고 있었을 너의
시간이 보인다

살아 있으니 아팠을 몸 긁힌 자국들은 눈과 가슴으로 묻
었던 울음 보이지 않는 곳에 숨어서 우는 풀벌레처럼 예리
한 신경세포들로 더듬이를 곧추세웠을 것이다

실뿌리처럼 초라하였으나 이유 없는 폭풍우에도 개의치
않고 머리 조아릴 것 없이 당당한

살아온 날들은 그 위에 묵시로 새겨진 침묵의 경전이었다

몸의 기록

낡은 흑백 사진첩을 읽는다

늙은 여인의 벗은 몸에서
내 몸의 기록을 읽는다

침식되고 마모되어 버린 무수한 금들이
날마다 지웠다 다시 쓴 문장처럼 켜켜로 쌓여 있다

"저것 봐 똑같이 생긴 몸은 하나도 없네"
친구가 가리키는 산방산 탄산 온천 할머니들의 나신
슬픔을 살다 간 시간들은
몸 속을 빠져나가 돌아오지 않는다

냉탕과 열탕을 들락거리던 우리들의 시간은
슬픔의 미세먼지까지도 온 몸에 기록해 놓아

비누 거품에 젖은 손가락은
발아되지 못한 욕망의 껍질들을 벗긴다

처지고 녹아내린 주름 속엔 망각이 없다

너와 나의 슬픔이 균열 속에서 굳지 않도록
환희와 울음의 기록을 골고루 쓸고 어루만질 뿐

장미의 재발견

꽃을 피웠다고 웃을 수만은 없다

곤두선 가시가 차가운 피를 깨우고
침묵으로 깊어진 두 눈은 사막을 건너왔다

막다른 골목을 돌아 나온 봄길 속에서
사막은 말이 없고
무슨 일이 있었는지는 알 길이 없다

장밋빛 유리 속에서 나를 보고 웃는 그녀
나는 그녀의 잠든 가시를 보며 웃는다

내 눈과 그녀 눈과의 간격은 한 뼘 사이
환상과 환멸의 사이는 더욱 깊을 지도 모른다

그녀는 춤을 춘다
탱고의 그림자가 붉게 물든다
뜻 모를 춤 속에서 잊어버렸던 숨소리를 듣는다

두려운 것은 오월의 불길
낮과 밤이 서로 살을 스치며 지나도
돌아서지 못하는 나의 뒷모습일지도 모른다

유기견 생각

고속도로 위 흰색 승용차가 달리면서
강아지 한 마리 내려놓는다

강아지는 하얀색 차만 보면
꼬리에 먼지를 달고 마지막 숨을 짜내듯 달려 간다

버림을 알지 못하는 동굴 같은 두 눈에
삼킬 수 없는 희망 한 조각 남았다

꼬리를 말고 선 기다림과
어떻게 울어야 하는 지를 잊어버린 절망은
뒤틀려져 검은 쓰레기봉투에 담긴다

여름 여우비가 지나고
일 분 만에 고려장이 치러지는 고속도로 위

희망은 절망으로 짓이겨지고
사라진 것을 가슴에 품는다는 것이
얼마나 아픈 일인지 모르는

고속도로 갓길은 표류 중이다

매부리바다거북이가 죽었다

육교 위에서 무릎 꿇고 엎드린 남자
두 손이 거북목처럼 쑥 나와 있다

배불리 먹었는데 굶어 죽었다는 매부리바다거북이
해초 대신 쫄깃한 비닐백을 뜯다가
심장에 구멍이 뚫렸다고 한다

동전 그릇에 지폐 한 장 놓는다
바다 위를 떠도는 비닐봉지 한 장 놓는다

밥 아닌 밥
쓰레기 아닌 음식
바다는 장례식장이 되어 버렸다

내 목이 움츠려진다
나는 그에게 지폐를 준 것일까
아니면 그것은 파도에 던진 전단지였을까

거북이가 비닐 수프를 먹는다

바닷속으로 뛰어들어
거북이 등껍질에 박힌 눈물을 걷어내고
인어의 눈물을 지워내고 싶다

동전 그릇 바닥에
비닐 한 장이 성경처럼 펼쳐져 있다

입동

대파 하나 언 땅에 머리 묻고 섰다

푸르름을 다 태우고 일어선 알몸은 고요하고
흙 속에 거꾸로 선 두 눈은 투명하다

이른 봄날
아지랑이따라 무작정 집을 나섰던 발자국은
까치발로 돌아와 내 곁에 섰다

언 땅에 흩어졌던 머리칼 다시 묶는다
엇박자 내던 줄기들을 베어
불 위에 얹는다

두 눈 시퍼렇게 뜨던 알싸한 매운 맛은 사라지고
언 발 내 옆구리에 비비는
눅지근한 맛이 난다

타다 남은 백발이 달콤하게 늘어붙는다
화로 위에 구워질수록 단 맛이 난다

텃밭 울타리 너머에 들이치는 칼바람
입동이다

다시 봄

내 갈비뼈로 엮은 새장에 바다를 담고 싶었다 하지만 파도는 들어오지 않았다 파도는 언제나 제 몸을 부수어 나아가니까

대신 새 한 마리가 새장 속으로 날아 들었다 나는 문을 열고 새를 끄집어내어 허공에 던졌다 날아가는 것은 새일까 아니면 나의 비틀린 심장이었을까

거울 앞에서 우리는 서로의 파도를 감추려고 했다 그러나 파도는 감출 수 없는 스스로의 고백 서로의 물결이 겹칠 때 우리는 아무 말도 할 수 없었다 공허는 침묵의 또 다른 얼굴이었다

앵무새가 문득 말을 걸었다 "안녕 새 아침이야."나는 대답하지 않았다 봄은 이미 태워졌고 푸른 새들이 허공을 헤집으며 여전히 새장 속을 어지럽혔다

누군가 앉아 있던 자리에는 먼지가 쌓였고 나는 두 손으로 그것을 털어내며 당신 없는 세계의 자세를 아주 천천히

익혀 나갔다

　다시 봄 새순은 기억 따위는 모른다는 듯 잊는 것은 식물
의 권리라는 듯 고개를 들어 올린다 무심하게 그러나 더 단
단하게

새벽달

숯불 위에 석쇠를 올리고 꼼장어를 굽는다 은빛 바다에서
꿈틀거리던 녀석은 질펀한 양념을 뒤집어쓰고 석쇠 위에서
몸을 비튼다

그 몸부림은 한 때 우리의 젊음이었다 발버둥 칠수록 그
물은 조여 왔고 버틸수록 더 질겨졌다

시간도 함께 비명을 질렀다 쉽게 잡히지 않던 멱살 붙들고
늘어지던 날들 그 비명이 기름 연기에 섞여 올랐다 우리는
그것을 굽고 또 씹어 삼켰다

세상을 향해 무딘 칼을 갈던 시간들이 지나고 남기고 온
발자국들이 술잔 속에서 출렁인다 소주가 목으로 넘어갈 때
마다 불 위의 꼼장어 같던 우리의 흔적들은 석쇠로 다시 오
른다

새벽 하늘은 어둠을 흩뜨리며 차갑게 빛나고 낡은 구두
뒤축을 구겨 신은 친구들은 여전히 꿈틀거리며 누군가의 목
구멍 속으로 또 다른 시간 속으로 삼켜져 간다

새벽달은 적막 속에 얼굴을 내밀고 나는 문득 여름 아침
목울대 세우고 선 접시꽃이 보고 싶었다

안개의 수작

안개가 몰려온다

두리번거리는 눈동자 하나 안개 속에 떠 있다

안개 속은 울창해서 나를 찾지 못하고
내 안에 숨어 있는 나는 아직도 낯설다

내 발은 앞만 보고 걷는다
너무 앞서 나가거나 느리게 나가면 길을 잃을까

안개가 안개를 따르지 못하고
나는 나를 따라가지 못한다

안개의 손짓에 머뭇거리는 창문이 열리자
펜을 잡고 머뭇거리는 내가 나를 본다

시를 쓴다
반쯤 쓰다 만 시가 나를 쓰다 만다

안개의 수작은 멈추지 않고
날개 접은 나비 한 마리 불안한 창문가를 맴돈다

경계 밖으로

실오라기들이 흩어져 외투에 매달린다
떨어지지 않으려 잔뜩 몸을 웅크린다

아침 햇살을 가르며 불시에 다가온 그들
나비가 들어올린 깃털같은 몸들
실가위로 잘라낸다

툭 끊어진 조각들

잘려진 시간의 끄트머리에
끊임없이 찢고 자르던
쉬지 않고 붙이고 꿰매던 얼굴들이 보인다

셀 수 없이 꼬여 있던 가닥들 속에서
이별은 언제나 불시착했고
내 손에는 실가위조차 없었다

잊혀진 퍼즐을 맞추는 동안
투명한 가시울타리가 세워졌다

온몸을 말아 올린 고슴도치가 되어
서툰 이별에 대비하는 몸짓을 배운다

이제 실을 꿴 바늘은
더 이상 나를 침범하지도 꿰매지도 못한다
가시를 세우며 경계에 선다

기우뚱 매달려 있던 실오라기 하나
쿡, 발자국 하나 남기고 떠났다

어디에도 없다

잡초 무성한 텃밭에서
제 몸을 환하게 밝히는 오이 하나
목숨 걸고 허공에 흔들린다

채소나 가꾸고 살겠다던 너는 일손을 놓고
거실 액자 속에서 한가롭다

지우지 못한 번호 하나 누른다
홀로 선 오이에게서 벨 소리가 울린다

텃밭에서 일하던 너가
거실 액자 속에서 전화를 건다

액자 속에 한 방울의 물도 주지 않았는데
초록 수풀은 숨 쉴 틈 없이 자라 올랐고
액자 속 너의 계절은 끝내 여름이다

너는 이렇듯 평화롭고 고요하게 서서
마당 구석구석 텃밭의 바람 허공의 오이 하나

액자 숲에까지 번져 있으면서
정작 어디에도 없다

남은 기억들은 사각 틀에 갇혀
늙지 못한 채 낡아가기만 한다

태엽 감기

오르골 속에서 봄의 소리 왈츠가 흘러나온다
수초가 진공 속에서 흔들리고
그녀 발에 걸린 흐르지 못한 봄이
수초에 걸려 바둥거린다

매번 다시 돌아가는 리듬 속
오르골 속 그녀는 더듬이 하나로 길을 걷는 달팽이
발목에 걸린 봄을 들어 올린다

서랍 속에 넣어 둔 초침을 꺼내어
처음부터 다시 태엽을 감아보고 싶은 아침
하지만 길은 이미 오래 전에 배달되었다

요양병원 휠체어 녹슨 바퀴는 바람에 굴러가고
외바퀴 자전거는 구름을 향해 휘청거린다
그녀의 발은 다시 허공을 딛는다

용궁사 앞마당 포대 화상은
뱃속에 멈추지 않는 웃음 태엽을 감아놓은 걸까

무표정한 그녀는 웃고 싶다
발목에 감긴 태엽을 풀어 던지고 싶다

흐르지 않는 유리 강물 속
그녀는 나에게 왈츠를 청한다

끝나지 않은 노래
— 조용필 리사이틀

친구야, 킬리만자로의 눈 대신
스피커 속 하얀 눈발을 맞으며 달려 볼까
사이키 조명이 번개처럼 튀어나와 어깨뼈를 두드리고
불쑥 솟아오른 기억들이 함성을 지른다

내 속에 가라앉아 있던 낮은 음자리표가 일어나
허공에 깃발을 흔든다

벡스코 눈부신 조명 아래
먼지들은 모래 폭풍이 되어 무대의 틈새를 습격한다
내기 살지 못한 시간들이 쏟아져 내리자
청춘은 나를 뿌리치고 무대위로 올라간다

아직 식지 않은 노래가 귓불에서 뜨겁고
수화기 너머의 끊긴 신호음처럼 흔들린다
무대 가장자리에 시선을 던지며 묻는다
나이를 삼킨 건 노래일까 나일까

우주는 거대한 은박지처럼 반짝인다

얼음장 위로 종이배 한 척 미끄러지고
앙코르의 파도 속에 닻이 내린다

대설주의보가 내린 날
스피커의 진동은 다시 한 굽이 몰아친다

탈춤

부러진 우산 살이 뼈를 내미는 버스 정류소에서
비에 젖은 종이탈을 보았다

젖어서 만신창이가 된 우산은
낯익은 주름을 불러내고

빗방울 속에서 탈춤을 추던 시간들이
젖은 우산 위에 새처럼 내려 앉았다

그에게 다가서고 싶었다
사라진 빗방울 속으로 더 깊이

비를 따라 선 구부정한 어깨
잊었던 탈춤이 온몸을 흔들고

버스는 저만치 숨가쁘게 달려 온다

종이탈이 벗겨지고
일회용 우산이 비바람에 날린다

관절이 꺾인 종이탈을 접는다

빗방울은 왔던 길로 되돌아 가고
젖은 발자국 하나 가슴을 밟는다

지하철을 기다리며

오르골 인형으로 춤추던 하루

이어지지 않은 레고 조각들이
선로 옆에서 낯선 이름들을 삼킨다

휙 나를 뚫고 가는 바람 한 점
지키지 못한 봄밤의 약속이 선로를 흔들며 지난다

맞은 편 기치가 지나기고
떠날까 말까 낭떠러지를 질러갈까

지하철 창문에 그려진 붉은 입술 자국
서랍 속에서 꺼낸 마른 장미 하나
썰물이 너무 깊어 던져 주지 못했다

철길이 흔들릴 때마다 멀어져 가는 꽃잎들
달려가 보듬고 싶지만
기차는 멈추었다가 어깨를 들썩이다가
숨찬 듯 나를 피해 멀어져 간다

레일에 묶여 있는 등 굽은 바퀴 하나
숨을 고른다

나는 바깥쪽만 닳은 구두를 신고
플랫폼 끝에서 제자리 춤을 춘다

물티슈의 기분

나는 자꾸 물티슈를 뽑는다
다시 또 다시 젖은 손을 흔드는 그녀

엄마는 늘 젖은 걸레를 햇살에 널어 말리곤 했다
다시 돌아오겠다는 구름의 약속을 믿은 걸까

다 늦은 저녁에야 그 손을 생각한다

잊고 있었을 뿐이었다
어둠을 닦아내느라 젖어 있던 살결
손등엔 늘 바람이 자라고 있었다

어디선가 과거를 지나
영원 속으로 흘러들어온 햇살 한 줌

휴지통 속에 구겨져 있는
일회용의 후회와 미련을 비춘다

식탁에 펼쳐놓은 책장을 넘긴다
넘기는 페이지마다 눈동자가 붉다

시간의 안과 밖 그리고 길 찾기

박 해 림

(시인 · 문학평론가)

시간의 안과 밖 그리고 길 찾기

박 해 림
(시인 · 문학평론가)

1.

허승희의 시에는 경험된 시간, 즉 축적된 시간의 결이 켜켜이 쌓여 있다. 그것은 그의 시편 전반에 펼쳐진 시인의 주변적 요소를 통해 형성되었을 것임을 짐작하게 한다. 시인이 살아낸 시간은 아무나 내재화할 수 없는 그만의 부지런함이 가득하다. 그 옆에 함께 있으면 독특한 온기마저 느낄 수 있다. 그것은 시인만이 갖는 특유의 감각일 것이다. 시인에게 축적된 시간의 결이 잠시도 멈추는 법 없이 끊임없이 이동하면서 획득하는 그 어떤 '발견'이 시 전편을 아우르는 것은 이 때문으로 보인다. 아마도 허승희 시인에게서 느낄 수 있는 특별한 동력일 것이다.

시인에게 주어진 일상은 누구나 어디서나 마주할 수 있는 익숙한 것이다. 그러나 개인마다 감각되는 것이 다르다는 것에 시인만의 특성을 보인다. 그 어떤 것은 현저히 다를 수도 있다. 일상생활 속에서 마주하는 대상들은 거의 반복적일 것이나 그 반복을 개인마다 어떻게 받아들이냐에 따라 나름의 개성적 자아를 표출하게 된다. 주변의 상황이 익숙하면서 전혀 낯설다는 것은 누구에게나 쉽게 얻어지는 것은 아니다. 그것은 대상에 가까이 다가갈 때 개인에게 잠재된 내적 감각의 동력이 작동하면서 한순간 획득하게 되는 때문이다. 여기서 시인에게 주어진 주변적 요소와 함께 그것을 견인하는 강한 에너지가 대상과 시인에게 상호 작동하는 순간 시인만의 세계가 펼쳐진다. 즉 대상에 따른 감각적 표면화를 거치면서 동시에 대상에 대한 강한 직관이 발동하여 경계를 넘나드는 결과에 이르게 한다. 이러한 것은 누구에게나 그럴 수 있다는 짐작과 함께 누구나 그렇지 않다는 것도 엿보게 한다. 개인에 따라 주어진 시간과 그만의 공간이 만들어 낸 경험적 세계는 개인차가 있다는 것과 활동 여하에 따라 '나' 다운 세계를 열게 하는 것 역시 그렇다. 시인이 마주한 세계의 대부분은 생활 속에서 만날 수 있는 익숙한 대상들이다. 그러나 시인은 그 익숙한 대상물과 대상물에 닿아 있는 삶을 가감 없이 드러내고 보여줌으로써 표면적인 것과 그 이면의 세계를 동시적으로 엮어낸다. 시인만의 예리하면서 따뜻한 시선이 거침없이 길을 열어 보임으로서 독자를 자연스럽게 이곳저곳의 경계를 가뿐하게 뛰어넘게 이끌 뿐 아니라 '생'의 의지와 온기를 포착할 수 있게 한다. 바로 이것이 허승희 시인의 강점이리라.

한편, 일상에서 마주한 현실은 대체로 반복적이나 그 반복의 뉘앙스는 제각각 다르다. 그 대상은 생명을 가졌거나 그렇지 않은 것들로 이루어져 있다. 그러나 시간을 관통하면서 대부분 생명을 가진 것으로도 읽히게 한다는 데서 허승희 시가 갖는 특장이 된다. 시인은 일상을 관통하면서 세상에 펼쳐진 아주 사소한 것들조차 세심히 보아내는 부지런함이 있다. 이는 세상과 자아와의 경계를 허물뿐 아니라 쉽게 진입하는 힘을 가졌다. 그것은 시인의 오감 즉 시각, 청각, 후각, 미각, 촉각을 통해 구현되며 특유의 시인만의 감각적 세계를 펼쳐내는 배경이 된다.

늦은 오후 테라스 풍경이 환하다 화단에 심은 가지 모종 하나가 침묵 속에 맨발로 뿌리를 내리고 보라색 꽃을 피우는가 했더니 어느새 검은 망울은 달처럼 부풀어 올랐다

생의 첫발을 디딘 세상은 좁았으나 홀로 소리 없이 쭉쭉 가지
를 뻗으며 쉴 틈 없이 꽃이 피고 이내 열매를 매달았다

빛이 닿을 수 없는 깊이에서 입을 다물수록 말의 숲은 무성하
여 속으로 열병을 앓고 온 몸으로 헤엄치고 있었을 너의 시간이
보인다

살아 있으니 아팠을 몸 긁힌 자국들은 눈과 가슴으로 묻었던
울음 보이지 않는 곳에 숨어서 우는 풀벌레처럼 예리한 신경세포
들로 더듬이를 곧추세웠을 것이다

실뿌리처럼 초라하였으나 이유없는 푹풍우에도 개의치 않고
머리 조아릴 것 없이 당당한

살아온 날들은 그 위에 묵시로 새겨진 침묵의 경전이었다

—「침묵 경전」 전문

시인의 시선은 이제 '열매'에 멈춰 있다. 그 열매가 가진 생
명성에 멈춰져 있는 것이다. 그 열매는 보라색을 가졌으며 꽃에
서 열매로 이어진 짧으나 긴 생명의 여정을 가지고 있음을 간
파한다. 섬세한 시인의 감각은 한순간에 그 열매를 관통할 뿐

만 아니라 한 작은 생명의 전 과정을 꿰뚫으며 조심조심 다가
간다. 그 생명은 생애주기가 짧다. 그러나 크기를 뛰어넘는 아
주 큰 공간을 발견하면서 힘을 얻는다. 그뿐 아니다. 단단한 생
명의 강인함과 지속력을 동시에 보아냄으로써 그만 시선을 빼
앗기게 된다. 그 안에 내재한 큰 세계를 열며 성큼성큼 걸어 들
어가는 동시에 소통을 위해 그 존재와 마주한다. 생명이란 거
저 얻어지는 것이 아니라는 것임을 확인하고자 하는 것이다. 그
것도 해가 질 '늦은 오후'에 말이다. 곧 '검은 망울'은 '달처럼
부풀어' 오른다. 생명을 확장하는 것과도 적극 마주한다. 해가
질 무렵엔 주변의 사물들이 제 경계선을 허물면서 존재를 흐릿
하게 만듦에도 불구하고 오히려 '달'처럼 더 환하게 부풀어 오
른다. 곧 시인의 눈이 환해진다. 시인에게 내재한 세계가 활짝
문을 열어젖혔음을 직감할 수 있는 대목이다. 시인이 마주하고
있는 세계 즉 '나'와 맞닥뜨리게 함으로써 작은 열매가 가진
강한 '생명성'에 주목하는 것이다. 그뿐 아니다. 그것은 다시
'빛이 닿을 수 없는 깊이'에서조차 생명을 포기하지 않고 '온
몸으로 헤엄치고 있었을 너의 시간'과 만나게 됨으로써 '나'
와 '너'의 생명의 층위와 대척점을 보여주고 있다. 특히 '살아
있으니 아팠을 몸 긁힌 자국들'은 눈과 가슴으로 묻었던 울음
보이지 않는 생명에 대한 경외가 두드러진다. 이렇듯 시인의 감
각은 '숨어서 우는 풀벌레처럼 예리한 신경세포들의 더듬이를
곤추세웠을 것'에 그 무엇보다 주목하고 있음을 알 수 있다.

가까이 다가가니 정구지가 웃고 있다

마른 윤기가 난다
꼿꼿한 몸 하늘로 솟구치고 있다

정월부터 구월까지
발목째 뽑혀 버릴 거라는 걸 알면서도
바람 따라 길 바꾸지 않고

향은 희미해지고
색은 바래고
물기 빠진 근육만 남았지만

온몸으로 살아낸 오기를 뽐내며
어깨뼈를 세워 드러내는 그 앞에서

봄바람이 시려 스웨터를 걸친다

—「정구지」 부분

　　시인이 마주하고 있는 대상은 '정구지'이다. 이는 '부추'의 경상도 방언이다. 같은 대상을 놓고 지역마다 그들만의 이름은 따로 지어놓은 경우가 많은데 '부추=정구지'도 그러하다. 그 지역의 사람들은 어릴 적 습관에 의해 '정구지'로 알고 있다가 막상 '부추'라는 이름으로 불린다는 것을 나중에 알게 되는 경우도 많다.

허승희 시인 역시 오래 알았던 '정구지'가 '부추'의 방언임을 소개하고 있다. 자연스러운 일이겠으나 작품에서 만나는 '부추'라는 표준어보다 오래 익숙했던 지역 방언인 '정구지'가 더 가슴에 와닿는 것은 방언이 갖는 힘이리라. 그 지역의 분위기가 자연스레 연결되면서 더 살갑게 느껴지기 때문이다.

그것은 시가 갖는 중층적 의미에도 단단한 결을 느낄 수 있게 한다. 우리말이 갖는 2, 3음보에서 얻어지는 단어의 속성이 익숙하게 작동한 것도 그렇다. 여기서 시인의 시각적 행보가 재미있다. '가까이 다가가니 정구지가 웃고 있다'는 대목이다. '정구지'는 식물인데 '웃고 있다'는 표현을 썼다. 식물은 웃을 수가 없음에도 굳이 의인화한 시인의 재치 있는 의도가 돋보이는 것이다. 더불어 은은한 온기마저 확인할 수 있다. 스스로 움직이지 못한 채 한 곳에서 태어나 성장하고 한순간 스러질 뿐인 보잘것없는 작은 '식물'을 통해 자존심을 파악하고 '오기'까지 보여주는 남다름을 발견한 것이다. 이것은 아주 작고 보잘것없는 생명체 일지라도 활기차고 강한 생명력을 가졌다는 것을 보여주고자 함이다. 시인만의 가진 시선의 깊이로 굳이 보아냈다는 것은 남다른 안목이다. 더 나아가 부드러우면서도 강한 역동성까지 동시적으로 보아냈다는 것에서 중층적 의미까지

실어냈다. 특히 식물임에도 '웃고 있다'라는 표현을 통해 신선한 기운을 느끼게 한다. 곧 시인의 가슴이 활짝 열리면서 생명 인식에 대한 남다름을 보여주고 있다는 데서 이 작품이 갖는 미덕에 힘을 얻고 있다.

더불어 시인이 '정구지'가 '웃고 있다'라고 하는 순간 시인의 시선을 따라 '정구지'라는 대상에게 독자의 시선을 집중하게 할 뿐만 아니라 한순간일 뿐인 작은 '생명'에 대한 깊은 인식을 재고하게 한다. 시선이 의도한 그 섬세함이 독자와 시인과의 동일화가 이루어지고 있음에 주목하게 하는 것이다. 그것은 '생명'의 역동성일 뿐 아니라, 생명이란 크고 작은 것에 좌우되지 않다는 것을 시사한다. 시인의 섬세한 감각이 돋보이는 부분이다. 이 땅에서 생명을 가진 것의 크기와 생애의 길고 짧음을 넘어선 단지 '생명'이라는 그 자체가 갖는 외경으로 받아들여진다.

꽃씨는 흙을 잊었다
꽃향기는 유통기한을 달고 마트 진열대에 섰다

거리엔 더위에 혀를 빼앗긴 개들이 주인을 버리고

하늘에서 별이 떨어지지 않아
더 이상 아이들이 태어나지 못하는 도시에는

노란 달빛만 핥아먹는 들냥이들이 운다

지구 저 편에선 아이들의 팔다리가 지뢰 꽃이 되어
검은 흙 속에 산산이 묻히고

무표정한 앵커는 스페이스 X로 화성에 가는
우주여행 패키지가 예약 만료되었다고 전한다

뭔가 이유가 있을 것이다

나는 로봇이 수확한 토마토를 물고
흐린 눈으로 컴퓨터를 켠다

24시간 영업 중인 챗지피티가
피곤을 모르는 눈을 반짝이며 말한다
"무엇이든 부탁하세요."

— 「그날 이후」 전문

'꽃씨는 흙을 잊었다/ 꽃향기는 유통기한을 달고 마트 진열
대에 섰다'의 첫 행은 오늘날 현대인에게 낯선 일이 아니며 그
렇다고 새로운 일도 아닌, 이제는 일상의 평범한 하루를 장식
하는 가벼운 행위에 가깝다. 바쁜 현대인에게 잠깐의 정서에

환기를 선물하는 '꽃'의 존재는 가까이 있으나 그 존재의 무게는 미미할 뿐이다. 더 나아가 초고층 아파트가 다닥다닥 등 붙이고, 그 안에서 살아가는 사람들이 대부분을 차지하는 대도시는 하루하루 삶의 편리성을 내몰리며 아이들을 낳지 않는 이들이 늘고 있다. '하늘에서 별이 떨어지지 않아/ 더 이상 아이들이 태어나지 못하는 도시에는/ 노란 달빛만 핥아먹는 들냥이들이 운다'는 시인의 섬세한 눈은 그 너머를 간파한다. 그들의 삶은 오직 높은 것을 지향하면서 속도에 자신을 내맡길뿐더러 보다 더 빠르게 어디론가 끝없이 마구 달려가고 있다는 것과 마주한다. 달리고 달리면 마치 시간을 앞질러 갈 수 있기라도 하듯, 시간을 앞질러 가는 것만이 성공적인 삶을 얻을 수 있기라도 하듯 끝없는 욕망에 이끌린 인간군상 말이다. 그러나 시인은 포기하지 않는다. 네 것보다 내 것에 더 매몰되어 가고 있는 이 시대의 새로운 불균형의 등장을, 결코 메울 수 없는 기계화 시대를 우려하면서도 결코 포기할 수 없다는 결의를 보여준다. '뭔가 이유가 있을 것이다'라고 자신을 다독인다. '나는 로봇이 수확한 토마토를 물고/ 흐린 눈으로 컴퓨터'를 켜고 '무표정한 앵커는 스페이스 X로 화성에 가는/ 우주여행 패키지가 예약 만료되었다'는 전언을 들으며 이 상황을 이해하려 애를 쓰는 것이다. 그뿐 아니다. 시인은 '뭔가 이유가 있을 것'이라며 적응하려는 것을 애써 보여주고 있다. 이어 '24시간 영업 중인 챗지피티가/ 피곤을 모르는 눈을 반짝이며 말한다/ "무엇이든 부탁하세요."라는 부드럽고 상냥한 표현으로 마무리하는 것으로 부정을 통해 완충지대로 진입한다. 한쪽에선 너무나 빨리 진화하고 또 다른 한쪽에선 여전히 과거에 머물러 있다는 것, 현재진행형의 삶에선 혼융의 삶이 빚어낸 뜨뜻미지근한 삶의 방식이 별다른 문제 없이 흘러가고 있음도 본다. 시인이 주목한 오늘날 삶의 양태가 예전과는 확연히 다른 방식으로 진화하고 있다는 것, 또한 진화의 속도만큼 더 느린 속도로 처지고 있는 또 다른 삶의 양태를 대비시킴으로써 빚어지는 낯선 현실을 주목하게 한다.

그러나 더 큰 우려는 우리가 실존이라고 하는, 감각을 통해 얻어지는 것의 결과물 또한 우리가 감당할 수 없는 그 어떤 것을 넘어서는 지경에 이른다면 과연 그 끝은 어디일까에 봉착하게 된다는 것이다. 이러한 엄청난 상황을 지구의 '누군가', 그 '누군가'는 알고 있을 것만 같고 다른 한편으로는 그 누군가가 도대체 무엇을 얼마만큼 알고 있을까, 끝없는 의문이 들 수밖에 없는 상황에 내몰린다. 그러니 그 과정 자체 역시 추상적이라 과학 발전이 가져오는 엄청난 결과물의 획득에 긍정적일 것이라는, 그 어떤 막연한 예측을 하는 것은 아닐까. 어쨌든 이 모든 발달이 오늘날, 많은 이의 관심의 중심에 놓인 '챗지피티'와 그와 관련한 그 시작점과 진행 그리고 그 끝을 가늠하기 어려운 시대가 된 것만은 분명하다. 그리고 그 의구심의 한가운데 서 있는 시인은 고개를 갸우뚱하며 한편으로는 과거를 돌아보고 동시에 앞을 달리고 있는 ‘나’를 확인한다.

낡은 흑백 사진첩을 읽는다

늙은 여인의 벗은 몸에서
내 몸의 기록을 읽는다

침식되고 마모되어 버린 무수한 금들이
날마다 지웠다 다시 쓴 문장처럼 켜켜로 쌓여 있다

“저것 봐 똑같이 생긴 몸은 하나도 없네”
친구가 가리키는 산방산 탄산은 온천 할머니들의 나신
슬픔을 살다 간 시간들은
몸 속을 빠져나가 돌아오지 않는다

냉탕과 열탕을 들락거리던 우리들의 시간은
슬픔의 미세먼지까지도 온 몸에 기록해 놓아

비누 거품에 젖은 손가락은
발아되지 못한 욕망의 껍질들을 벗긴다

처지고 녹아내린 주름 속엔 망각이 없다

너와 나의 슬픔이 균열 속에서 굳지 않도록
환희와 울음의 기록을 골고루 쓸고 어루만질 뿐

—「몸의 기록」 전문

　시인의 시선은 이제 목욕탕의 '늙은 여인의 벗은 몸'을 향해
있다. 그 '늙은 여인'을 향한 시선은 곧 '내 몸의 기록'으로 옮
겨온다. '늙은 여인의 벗은 몸'에서 '침식되고 마모되어 버린
무수한 금들이/ 날마다 지웠다 다시 쓴 문장처럼 켜켜로 쌓여
있'다는 것을 문득 찾아낸다. "저것 봐 똑같이 생긴 몸은 하나
도 없네"라고 말하는 친구. 그 친구가 가리키는 손을 따라 시
인은 시선을 옮긴다. 그러다 문득 '산방산 탄산 온천 할머니들
의 나신'에서 눈이 열린다. 한때 탱탱했을 그때의 시간, 그 할머
니들이 통과한 시간이 몸에 고스란히 남아 있음을 보아낸 것이
다. 속절없이 지나버린 시간은 한때 탱탱했던 몸을 쭈글쭈글하
게 만들었을 뿐 아니라 그 쭈글쭈글한 '나신'에서 '슬픔을 살
다 간 할머니들의 시간'을 찾아낸다. 그 시간은 사라진 것이 아
니었으며 여전히 그 자리에 머물러 있다는 것을 보게 된다. '슬
픔을 살다 간 시간들은/ 몸 속을 빠져나가 돌아오지 않는' 것
에 주목한 것이다. 한때 탱탱했던 몸이었을 것이다. 그러나 이
제는 그렇지 않다는 것을 확인하는 순간 물러서기보다 한 발

더 다가가기로 한다. "저것 봐 똑같이 생긴 몸은 하나도 없네"
라고. 곧 시인은 '냉탕과 열탕을 들락거리던 우리들의 시간'을
성큼 껴안는다. 그때의 숱한 시간은 '슬픔의 미세먼지까지도
온 몸에 기록해 놓'고 있음을 얼른 알아챘기 때문이다. 다음
순간 재바르게 시인은 '비누 거품에 젖은 손가락'으로 '발아되
지 못한 욕망의 껍질들'을 벗기기로 한다. '쓸고 어루만지는'
행위가 진득하고 더욱 치열한 삶의 과정으로 연결하고 있다는
것을 시인은 보여주고 싶은 것이다. 중심에 들고 중심을 찾기
위한 가벼운 터치처럼, 우리의 삶도 마치 '냉탕과 열탕'을 들락
거리는 것과 무엇이 다른가의 의문부호를 던진 것이다. '냉탕
과 열탕'의 시간은 그 자체로 삶의, 인생의 앞 뒷면을 쫙 펼쳐
낸 것 같았을 것이다.

그것은 지금까지 살아오면서 한순간도 아슬하지 않은 날이
없었다는 또 다른 표현일지도 모른다. 이는 이쪽으로 휙 날았
다가 다음 순간 저쪽으로 휙 날아야만 하는 숙명적인 서커스의
방향타기와 다를 바 없다. 그러니 어쩌겠는가. '슬픔의 미세먼
지까지도 몸에 기록해 놓'을 수밖에. 달리 방법이 없다기보다
그편이 훨씬 더 자연스러웠을 것이다.

꽃을 피웠다고 웃을 수만은 없다

곤두선 가시가 차가운 피를 깨우고
침묵으로 깊어진 두 눈은 사막을 건너왔다

막다른 골목을 돌아 나온 봄길 속에서
사막은 말이 없고
무슨 일이 있었는지는 알 길이 없다

— 「장미의 재발견」 부분

내 갈비뼈로 엮은 새장에 바다를 담고 싶었다 하지만 파도는
들어오지 않았다 파도는 언제나 제 몸을 부수어 나아가니까

대신 새 한 마리가 새장 속으로 날아 들었다 나는 문을 열고
새를 끄집어내어 허공에 던졌다 날아가는 것은 새일까 아니면 나
의 비틀린 심장이었을까

거울 앞에서 우리는 서로의 파도를 감추려고 했다 그러나 파도
는 감출 수 없는 스스로의 고백 서로의 물결이 겹칠 때 우리는 아
무 말도 할 수 없었다 공허는 침묵의 또 다른 얼굴이었다

앵무새가 문득 말을 걸었다 "안녕 새 아침이야." 나는 대답하
지 않았다 봄은 이미 태워졌고 푸른 새들이 허공을 헤집으며 여
전히 새장 속을 어지럽혔다

누군가 앉아 있던 자리에는 먼지가 쌓였고 나는 두 손으로 그
것을 털어내며 당신 없는 세계의 자세를 아주 천천히 익혀 나갔다

다시 봄 새순은 기억 따위는 모른다는 듯 잊는 것은 식물의 권
리라는 듯 고개를 들어 올린다 무심하게 그러나 더 단단하게

— 「다시 봄」 부분

안개가 몰려온다

두리번거리는 눈동자 하나 안개 속에 떠 있다

안개 속은 울창해서 나를 찾지 못하고
내 안에 숨어 있는 나는 아직도 낯설다

내 발은 앞만 보고 걷는다
너무 앞서 나가거나 느리게 나가면 길을 잃을까

안개가 안개를 따르지 못하고
나는 나를 따라가지 못한다

— 「안개의 수작」 부분

생명이란 절대적이다. 그것이 식물이든 동물이든 곤충이든 크고 작기에 좌우되지 않는다는 것에서 그러하다. 그러나 단지 그러할 뿐이다. 생명과 생명 사이에는 큰 구분 없이 절대적 가치가 작동하나 인간 중심의 세계관에 따라 실용성에 대한 가치와 값을 매기는 경우가 대부분이다. 그 어떤 생명체이든 개체별로 자연스레 구획이 정해지거나 다양하게 분류가 되면서 그 어떤 것은 일정 부분 정리가 된다. 그에 대한 가치의 판단 일부를 인간이 가지고 있다는 것도 그렇다. 생명 인식에 대한 가치와 실용성을 평가하는 특권처럼 인간의 결정력에 좌우되는 경향이 그러하다.

그러나 그 한계 역시 분명하다. 동물이 갖는 능동성과 식물이 갖는 수동성이 환경에 미치는 영향은 서로 비교하기는 어렵다. 식물의 갖는 엄청난 무게감과 존재감 그리고 무엇보다 지구환경과 인간의 생활과 정서에 미치는 경우가 다양하다는 것은 의심할 나위가 없다. 그러나 허승희 시인의 시선을 따라가 보면 생명의 개체별에 따라 크기와 효용성보다 그 생명이 가지는 그만의 절대적 가치에 더 무게를 싣고 있다는 것을 알게 된다.

'꽃을 피웠다고 웃을 수만은 없다// 곤두선 가시가 차가운 피를 깨우고/ 침묵으로 깊어진 두 눈은 사막을 건너왔다// 막다른 골목을 돌아 나온 봄길 속에서/ 사막은 말이 없고/ 무슨 일이 있었는지는 알 길이 없' 음을 보아낸 '장미' 에 대한 소회는 시인이 만난 대상에 대한 절대적 가치를 보여주고 있다.

　장미는 외양이 주는 강렬한 이미지와 더 강렬한 색을 가졌다. 다른 그 어떤 꽃보다 짙고 향기롭다기보다 더 강한 향을 지녔다. 그것도 화려하고 아름다운 꽃 모양과 함께 쉽게 뿌리칠 수 없는 매혹적인 향이다. 그 쓸모에 대해선 더욱 말할 나위 없다. 시각적인 황홀감은 물론이려니와 고급 향수로도 재탄생한다. 강렬하면서 극적인 언어 표현의 양태로 화려한 변모를 갖는 식물이다. '장미'라고 말하는 순간 장미가 가진 그 모든 강렬함을 한 번에 떠올리게 하는 특별하다면 특별한 대상인 것이다. 그러나 한편으로는 오래전 축적된 기억이란 믿을 바가 못 되나 굳이 안 믿을 이유도 없다. 자신을 보호하고 살아남기 위해 잎을 가시로 퇴화시키고 광합성을 줄기로 하는 선인장이 그렇듯 장미 역시 기억과 함께 내 속에서 오랜 시간 쌓였거나 삭힌 기억의 존재이니 굳이 언어로 표현할 필요가 없기 때문이다. 그때그때 순간 떠오르는 기억만으로도 현재의 삶, 즉 '존재의 이유'가 유효할 것이기 때문이다.

　「다시 봄」역시 「장미의 재발견」이 보여주는 '사막' 이미지와 유사하다. 열악한 삶의 조건에서 자신을 보호하기 위한 장치로서의 '가시'를 만난다. 그것은 '내 갈비뼈로 엮은 새장에 바다를 담고 싶었'던 시인의 강렬한 소망이었기 때문이다. 그러나 그 소망은 끝내 실현되지 않는다. '파도는 언제나 제 몸을 바수어 나아가니까' 그 어떤 것에도 담아내지 못한다. 단지 부딪쳤다가 부서졌다가 끝내 내처 달리기 시작했던 그곳으로 다시 돌아가야 하는 숙명 때문이다. 하지만 시인은 쉽게 포기하지 않는다. '대신 새 한 마리가 새장 속으로 날아 들' 때 얼른 '문을 열고 새를 끄집어내어 허공에 던' 져버린다. 곧 시인은 그 행위에 회의를 품는다. 직접 새장을 문을 열고 새를 허공에 던졌으나 과연 그것조차 믿을 수 없다. 그것이 정말 '새' 인지 아니면 자신의 '비틀린 심장' 인지 도무지 분간할 수 없다. 이 모든 행위로 파악할 수 있는 것은 자아의 소망과 함께 현재 상황의 충돌이 빚어낸 엇갈린 현실을 보여주고자 함일 것이다. 그것으로 비롯된 현실적 상황이 빚어낸 결과물일 것이니 말이다. 생명은 매 순간 세상을 떠날 수 없다. 파도가 바다를 떠날 수 없는 것과 마찬가지로 바다 역시 파도를 떠날 수 없는 것이 그러하다. 여기서 '거울' 의 존재는 '자아' 일 것이다. 그러니 '거울' 앞에서 마주한 '나' 가 거울 속의 '나' 와 거울 밖의 '나' 와 충돌하는 것은 이미 전제된 충돌일 것으로 짐작하게 한다. 시인은 충돌을 '야기' 하면서 기어이 '나', 즉 자아의 재발견과 마주하는데 그것은 새로운 삶의 시작을 펼쳐내기 위함이다. "안녕 새 아침이야."라고 경쾌하게 말이다. '푸른 새들이 허공을 헤집으며 여전히 새장 속을 어지럽' 혀도 기어이 봄은 오기 마련이다. '다시 봄 새순은 그 전의 기억 따위는 모른다는 듯 잊는 것은 식물의 권리라는 듯 고개를 들어' 올리기 로 한 것은 이미 봄을 받아들일 준비가 끝났음을 보여주는 행위로 읽히는 이유다. 그러므로 무심히, 아무렇지 않게, 한편으로는 '더 단단하게' 생의 의지를 더욱 확장하며 키우고 있다는 것을 알 수 있다.

「안개의 수작」은 어쩌면 생의 의지와 굳건함과 그 완결성을 보여주고 있는지도 모른다. '안개'가 몰려오고 '나'는 '안개' 속에서 '나'를 잃어버린다. 그리고 '나'를 찾지 못한다. 그 안개는 너무 '울창'하기 때문이다. 시인이 사방이 나무로 둘러싸였을 때 표현하는 '울울창창'을 빌어왔다는 것은 '안개'가 '빽빽한 나무'처럼 갇힌 느낌을 준다는 것에서 동일성을 획득하기 위함은 아닐까. 여기서 재미있는 표현은 '두리번거리는 눈동자 하나 안개 속에 또 있다'는 표현인데 이 또한 그 연장선으로 파악된다.

2.

실오라기들이 흩어져 외투에 매달린다
떨어지지 않으려 잔뜩 몸을 웅크린다

아침 햇살을 가르며 불시에 다가온 그들
나비가 들어올린 깃털같은 몸들
실가위로 잘라낸다

툭 끊어진 조각들

잘려진 시간의 끄트머리에
끊임없이 찢고 자르던
쉬지 않고 붙이고 꿰매던 얼굴들이 보인다

셀 수 없이 꼬여 있던 가닥들 속에서
이별은 언제나 불시착했고
내 손에는 실가위조차 없었다

잊혀진 퍼즐을 맞추는 동안
투명한 가시울타리가 세워졌다

온몸을 말아 올린 고슴도치가 되어
서툰 이별에 대비하는 몸짓을 배운다

이제 실을 꿴 바늘은
더 이상 나를 침범하지도 꿰매지도 못한다
가시를 세우며 경계에 선다

기우뚱 매달려 있던 실오라기 하나
쿡, 발자국 하나 남기고 떠났다

— 「경계 밖으로」 전문

고속도로 위 흰색 승용차가 달리면서
강아지 한 마리 내려놓는다

강아지는 하얀색 차만 보면
꼬리에 먼지를 달고 마지막 숨을 짜내듯 달려 간다

버림을 알지 못하는 동굴 같은 두 눈에
삼킬 수 없는 희망 한 조각 남았다

꼬리를 말고 선 기다림과
어떻게 울어야 하는 지를 잊어버린 절망은
뒤틀려져 검은 쓰레기봉투에 담긴다

— 「유기견 생각」 부분

나에게 비친 너는
그 위로 뜨거운 입김을 불어 넣는 남자였다

너는 나를 닦는다
너의 얼굴 아니 나의 얼굴이 눈부시게 드러난다

그의 손길에 닦여 반들거리는 내 삶
하지만 나는 거울 속에서 나오고 싶다

거울은 들어갔다가 나오는 곳
밖으로 이어진 길이 어딘가에 분명 있을 것이다

복제된 그가 나를 닦아주려고 내 앞에 섰다
입김을 불지만 흐려지기만 하는 나

시간은 오래되었다
너의 입김은 이제 잡음처럼 흩어져
나는 더 이상 해독하지 못한다

— 「거울 속의 나」 부분

작품 「경계 밖으로」에서 펼쳐지는 시인의 세상은 어디론가 끊임없이 이동한다. 아슬아슬하거나, 밀어내거나, 가로막혀 있다가 끊임없이 어디론가 향해 달리며 신기루처럼 나타났다 사라진다. 멀리 떨어져 있으면서 어수선하기까지 하다. 물론 세상은 그 시작점이 어디인지 그 끝이 어디인지 알려주지 않는다. 그러니 알 수가 없다. 알고 싶어도 알아내지 못한다. 아니, 그러기엔 세계는 너무 크고 인간은 너무 미미한 존재이기 때문이다. 그렇다고 해도 인간은 끊임없이 이동하며 끊임없이 그 무언가를 향해 달리지 않으면 안 되는 숙명을 타고났다. 예전에도 그랬고 앞으로도 그럴 것이라는 짐작 외 달리 이해할 길이 없다. 그래서 눈앞의 현실에 매달릴 수밖에 없다. 아니, 매달려야 한다. 매달리지 않으면 한 치 앞이 절벽이다. '실오라기들이 흩어져 외투에 매달린다/ 떨어지지 않으려 잔뜩 몸을 웅크린다'라고 시인은 '실오라기'를 의인화함으로써 이 시의 진폭과 지평을 넓히고 있다. 그 '실오라기'들은 안간힘을 쓰며 '외투'에 매달려 있다. 하지만 시인은 단호하다. '나비가 들어올린 깃털같은 몸들'을 '실가위'로 싹둑 잘라버린다. 다음 순간 시인은 '만남'과 '이별'을 교차했던 시간과 마주한다. '쉬지 않고 붙이고 꿰매던 얼굴'들이다. 사실 인간의 삶에 대부분을 차지하는 것은 '만남'과 '이별'의 반복적 행위이다. 만나면 반드시 헤어짐이 있기 마련이며 그것은 숙명적이거나 운명적인 것과도 합치된다는 것이다. 그러니 살아 있는 동안 반복을 통해서라도, 그 반복이 비록 힘들지라도 그것을 받아들이지 않으면 안 된다. '잘려진 시간의 끄트머리에/ 끊임없이 찢고 자르던/ 쉬지 않고 붙이고 꿰매던 얼굴들'을 보고 또 보아야 하는 것이다. 만나고 또 만나야 하는 것이다.

그러나 방법을 찾기로 한다. '온몸을 말아 올린 고슴도치가 되어/ 서툰 이별에 대비하는 몸짓을' 배우며 '더 이상 나를 침범하지도 꿰매지도 못'하게 하는 것이다. 더 나아가 '가시를 세우며 경계'까지 한다. 그러나 그 순간 '갸우뚱 매달려 있던 실오라기 하나/ 쿡, 발자국 하나 남기고' 떠난다. '실오라기'는 삶의 이쪽 경계와 저쪽 경계를 이어 붙이는 힘을 가졌으나 언제든지 떨어져 나가기도 한다. 일상에서 반복되는 ‘매달리는 것들’과 ‘떨어지는 것들’ 역시 그 크기와 관계없이 그 역할에 관계없이 언제든지 우리의 삶에 개입했다가 빠져나간다. 여기서 ‘실오라기’라는 극히 작은 존재가 일으키는 파장은 단지 외연을 확장하는 단서일 뿐이다. 그저 외투에 붙었을 뿐인 ‘실오라기’를 통해 ‘쉬지 않고 붙이고 꿰매던 얼굴들’을 만나고 ‘그들과 함께했던 시간’을 떠올리게 된 것이다. 그것은 언제나 그 어떤 ‘경계’에 놓여 있다는 것을 환기하는 동시에 이어진 것이란 늘 아슬아슬하며, 언제든지 끊어질 수 있음을 다시 확인한다.

「유기견 생각」도 역시 그러하다. 언제든지 관계가 끊어질 수 있는 대상이다. 유기견 스스로 인간에게 다가온 것이 아니라는 것만 다를 뿐이다. 오직 인간의 선택에 운명이 결정되는 경우가 대부분이다. ‘고속도로 위 흰색 승용차가 달리면서/ 강아지 한 마리 내려놓는’ 행위를 본 시인은 뜨악해한다. ‘어떻게 저런 일이?!’라는 충격을 느꼈을 것이다. 강아지를 좋아하든, 그렇지 않든 일반도로가 아닌 고속도로에서 달리는 승용차가 창문을 열어서 강아지를 버릴 수 있는가에 대해서 쉽게 입을 열지 못할 것이다. ‘무엇을 어떻게 버려야 하는 것에’도 그 어떤 제한과 제재를 받는 현대 사회에서 아무리 짐승일지라도, 그것도 살아 있는 생명을 가차 없이 버릴 수가 있는가에 이해하기에 앞서 경악할 노릇이다. 버림을 받은 강아지는 아무것도 알지 못하고 그저 '하얀색 차' 만 보면 주인이리라 여기며 '꼬리에 먼지를 달고 마지막 숨을 짜내듯 달려' 갈 뿐이다. 더 비극적인 것은 자신이 '버림' 받았다는 사실을 알지 못한다는 것이다. '꼬리를 말고 선 기다림' 과 희망은커녕 '어떻게 울어야 하는지를 잊어버린 절망' 은 '검은 쓰레기봉투에 담기' 면서 상황은 종료된다. 고속화 시대는 넘쳐나는 자동차의 길만 그런 것이 아니라 살아가는 방식과 판단 그리고 관계마저 길게 잇기 어렵다는 것을 더불어 엿보게 하는 작품 「유기견 생각」은 오늘 우리를 우울하게 한다.

작품 「거울 속의 나」는 소통을 잃어버린, 소통 부재의 삶, 그러니까 일방통행의 삶을 적나라하게 드러낸다. '나에게 비친 너는/ 그 위로 뜨거운 입김을 불어 넣는 남자였' 으나 '나를 닦는' 행위를 통해 자아를 탈취(?)당한 거와 다름없는 일방적인 삶, 즉 노라의 '인형의 집' 을 연상하게 한다. '그의 손길에 닦여 반들거리는 내 삶' 은 거울 속에 갇힌 '나' 를 말함이다. 그러나 '나' 는 결코 절망하지 않는다. 들어갔으면 나오는 길도 있을 거라는 믿음을 갖는다. '거울은 들어갔다가 나오는 곳' 이니 '밖으로 이어진 길' 이 어딘가에 분명 있을 것으로 여기는 것이다. 갇힌 것이 그렇듯 안과 밖의 경계에 선 채 자아를 확인하고 돌아본다. 여기서 '갇힘' 은 곧 '열림' 을 전제할 수도 있다는 데서 희망을 버릴 수 없다. '복제된 그가 나' 를 닦아주기 위

해 입김을 불어도 '흐려지기만 하는 나'이지만 그 어떤 상황이
나 공간이나 보이지 않는 정신의 영역일지라도 인간은 자유로
워야 한다. 들어갔으면 나올 수 있어야 하며, 그 어떤 선택일지
라도 타자가 아닌, '나'의 의지와 판단으로 결과가 만들어져야
한다는 것이 타당한 상식일 것이다. 그렇지 않을 때 19세기 '헨
리크 입센'의 작품 『인형의 집』의 주인공 '노라'와 다름없다.
이 시대에도 여전히 유효한 입센의 작품은 남성과 여성으로 나
뉜 인간의 문제를 매우 직접적이고 적나라하게 풍자적으로 그
려낸 수작이다. 아마 미래에도 유효할 것이라는 전망마저 갖게
한다. 「거울 속의 나」는 또 다른 『인형의 집』을 떠올리게 하기
때문이다.

거미줄에 파리가 걸려들었다

먹잇감을 늘려가며 입맛 다시는 거미

나는 파리인가 거미인가

거미줄이 층층으로 놓여 있다

끈적이는 점액질 속에서

밤새도록 엮고도 남을 실꾸리를 장전하고

맨 밑층에서 기어오르려 안간힘 쓰는 몸뚱이

산불로 구워진 고라니가 숲에서 뛰쳐나온다

파닥거리는 파리를 보며 웃음 짓는 몸뚱이

웃는 건 누구인가 거미인가 아니면 구경꾼인가

숯불구이 집에서 열대야를 걱정한다

거미줄 속에서 파리와 거미가 뒤엉키고

거미줄과 전깃줄이 뒤섞이며

지구는 환하게 불이 꺼졌다

　　　　　　　　　　— 「이럴 줄 알았다」 전문

육교 위에서 무릎을 꿇고 엎드린 남자
두 손이 거북목처럼 쑥 나와 있다

배불리 먹었는데 굶어 죽었다는 매부리바다거북이
해초 대신 쫄깃한 비닐백을 뜯다가
심장에 구멍이 뚫렸다고 한다

동전 그릇에 지폐 한 장 놓는다
바다 위를 떠도는 비닐봉지 한 장 놓는다

밥 아닌 밥
쓰레기 아닌 음식
바다는 장례식장이 되어 버렸다

내 목이 움츠려진다
나는 그에게 지폐를 준 것일까
아니면 그것은 파도에 던진 전단지였을까

거북이가 비닐 수프를 먹는다
바닷속으로 뛰어들어
거북이 등껍질에 박힌 눈물을 걷어내고
인어의 눈물을 지워내고 싶다

동전 그릇 바닥에
비닐 한 장이 성경처럼 펼쳐져 있다

— 「매부리바다거북이가 죽었다」 전문

시인의 시선은 '거미줄'로 옮겨간다. 삶의 모퉁이나 그늘지고 음습한 곳에 진을 치고 먹잇감을 노리고 있는 '거미'의 존재에 주목한다. 작품 「이럴 줄 알았다」에서 만나는 대상은 햇빛 환한 곳에서는 만날 수 없는 '거미'라는 존재다. 구석진 곳에 숨어서 먹잇감이 날아들면 잽싸게 낚아채는 사냥꾼인 거미는 때론 불편하고 때론 그렇지 않은 경우가 있다. 멋진 거미집을 지어서 모기나 날파리 등이 걸리면 잽싸게 낚아채는 것만으로 인간에게 조금은 도움이 된다. 그러나 대체로 통풍이 잘 안되고 습한 곳에서 사는 탓에 그다지 환영받는 존재는 되지 못한다.

작품 「이럴 줄 알았다」는 생존을 위한 투쟁과 생과 죽음이 뒤엉기면서 일어나는 현상을 동시적으로 보여주고자 하는 시인의 모순적 시선을 보여주고 있다. '거미줄에 파리가 걸려들었다/ 먹잇감을 늘려가며 입맛 다시는 거미/ 나는 파리인가 거미인가'의 부분에서 자신을 정면으로 응시하며 화두를 던진다. 총 14행으로 구성된 한 편의 시에서 아주 작은 생물인 '파리'와 '거미' 그리고 고라니가 등장하고 구경꾼인 인간이 등장한다. 먹이사슬의 단계를 차곡차곡 밟아가고 있는 생명을 가진 존재의 최상위층은 당연히 인간이다. 길지 않은 한 편의 시에서 '생'이란 도대체 어떻게 구성되어 있으며 도대에 어떻게 진행되며 도대체 어떻게 결말을 맞게 될 것인가에 대한 생각하게 하는 조금은 무거운 작품이다. 흔히 한갖 미물로 치부되는 '거미',

‘파리’, 그보다는 덩치가 큰 고라니가 등장하지만 최상위층의
인간에 미치지 못한다. 결과는 뻔하다. 그러나 모두 생명을 가
진 존재들이며 살아있는 동안 최선을 다해 제 삶을 영위한다.
그러기 위해 안간힘을 다해 먹잇감을 구해야 하고 그 먹잇감을
통해 한 생을 채운다. 아무리 발버둥을 쳐도 인간을 넘을 수가
없다. 그러나 곧 인간이 마지막 승자일까를 돌아보게 한다. 그
것은 시의 마지막 세 줄에서 그 해답을 찾을 수 있을 듯하다.
‘거미줄 속에서 파리와 거미가 뒤엉키고/ 거미줄과 전깃줄이 뒤
섞이며/ 지구는 환하게 불이 꺼졌다’ 는 말이다.

　작품 「매부리바다거북이가 죽었다」는 지구에 사는 인간이
바다에서 살아가는 ‘매부리바다거북이’ 와 빗대어진 작품으로
현대 문명이 가져온 비극적 결과의 단면을 여실히 보여주고 있
다. 생과 사를 결정짓는 것은 도대체 무엇인가에 대해서 다시
생각하게 하는 작품이다. ‘메부리바다거북이’ 는 바다에서 해
초를 뜯어 먹고 사는 생물이다. 그러나 지구의 심각한 환경오
염 문제로 인해 바다로 흘려보내는 폐수는 물론 비닐 등의 무
단 방류로 인해 거북이의 생존에 위협을 주고 있다는 것은 익
히 알려진 이야기이다.

　시인은 바다에서 일어나고 있는 일이 ‘육교 위’ 에서도 일어
나고 있음을 문득 본다. 그 모습이 바로 ‘메부리바다거북이’ 와
흡사하다. ‘육교 위에서 무릎을 꿇고 엎드린 남자/ 두 손이 거
북목처럼 쑥 나와 있다// 배불리 먹었는데 굶어 죽었다는 매부

리바다거북이/ 해초 대신 쫄깃한 비닐백을 뜯다가/ 심장에 구멍이 뚫렸다고 한다'는 것을. 시인은 육교 위에서 무릎을 꿇고 엎드린 남자 앞의 동전 그릇에 지폐 한 장을 놓는다. 그리고 바다 위를 떠도는 비닐봉지 한 장도 놓는다. 그것은 '밥 아닌 밥'이며 '쓰레기 아닌 쓰레기'다. 인간은 생존을 위해 쉬임없이 일을 하며 먹을 것을 찾아야 하고 바다의 생물이 먹을 것에는 더 이상 '비닐'이 '수프'가 되어서는 안 될 것임을 환기하고 있다. '동전 그릇 바닥에/ 비닐 한 장이 성경처럼 펼쳐져 있다'로 끝을 맺지만 생존을 위해 인간이 필요로 하는 것이 무엇인지, 바다거북이 또한 무엇을 필요로 하는지를 모르지 않지만, 인간이 망쳐놓는 환경오염으로 인한 무의미한 주검들이 바다에서 아무렇지 않게 일어나고 있음을 시인은 소리 없는 아우성으로 고발하고 있는 것은 아닐까.

3.

　허승희 시인의 시편들은 '인간의 문제'와 함께 '전지구적인 환경 문제' 그리고 문명의 발전과 빛과 그림자를 깊은 시선으로 들여다보고 있다. 인간을 중심으로 생명을 가진 것들, 즉 식물이건 동물이건 할 것 없이 삶을 영위하고 있는 존재들의 다양한 활동성과 함께 그 활동이 만들어 낸 동력이 시편 골고루

편재되어 있음을 확인할 수 있었다. 그와 함께 시인은 경험되고 축적된 시간을 따라 일상에서 마주한 대상들 그것이 비록 미물이든 그 나름이 가진 고유한 생명성에 주목하고 있다는 것 또한 그렇다.

시인은 부지런히 시간의 안쪽과 시간의 바깥쪽 그리고 주어진 시간과 함께 잠시도 게을리하지 않는 현재진행형의 직관을 펼쳐내고 있다는 것은 인상적이었다. 특히 시인의 시선에 걸려든 대상은 그 상황과 관계없이 그 주변적 요소, 그 이면에 축적된 시간의 결을 따라 때로는 맴돌기도 하고 때로는 천천히 따라 걷는다. 밝고 단단한 시인이 획득한 그 모든 것은 그의 내면 깊은 곳에서 자아동일성과 단단한 삶의 자리를 추구하는 오랜 시간의 결과물로 봐야 할 것이다.